文芸社セレクション

ひな祭り

くどう てるこ

文芸社

一

二月二十六日のことです。

「さぁて、今日は出すぞ！」

父さんがいいました。それを合図に、私たちは二階のたたみの部屋へ急ぎました。

庭のうらの物置から、父さんと母さんは
「よいしょ、よいしょ」

と大きな箱を運んできました。私たちは、じゃまにならないように、部屋のすみっこで正座をして待ちました。

一年ぶりです。おひな様に会うのは。父さんと母さんが、二階のたたみの部屋にやって来て、おひな様の入った箱を
「うんとこ　どっこいしょ！」

と、置きました。

今日はひな祭りの一週間前です。

　私の家では、毎年、一週間前におひな様をかざるのが決まりです。

　まず、父さんが、ひな段《だん》を組み立てます。それから、母さんが、人形を一つ一つていねいに、大きな箱から取り出します。

　次が私たちの出番です。

　大兄ちゃんは、立ち上がっていいました。

「やったあ！　よっしゃあ。ボクたちの出番だぞ！」

　ちい兄ちゃんは、

「さおり、勝手にやるなよ。ちゃんと兄ちゃんたちのいう通りにしろよ」

と、えらそうにいいました。私は、

「そんなにいばらないでもいいでしょ！」

　そういい返しました。

　母さんは、すごい速さで、箱から人形たちを出していきます。母さんの鼻の頭からあせがふき出しています。そのあせをふきふきいいました。

「新しい習字の太い筆で、ほこりをはらってから、道具をひな段にかざってね。ひな人形に合わせた道具だから、こわさないように注意して出してね」

　道具にもいろいろあるから、私は、とても楽しみです。だけど、父さんが、ひな段

を組み立てるまでは、ぜったいに、静かに待たなくてはなりません。仕事をしているときの父さんは、とってもこわいからです。

私たち三人は、静かにまどぎわのすみっこで、正座をして待ちました。でも、顔だけは……にんまりニカニカが、止まりません。

父さんの顔から、あせがふき出しています。ひな段の組み立てに、もう一時間もかかっています。父さんは、タオルであせをふきながらいいました。

「さあ！　組み立て完了《かんりょう》だぞ！」

母さんがいいました。

「おひな様のかざりと道具が、きれいになったら、さおり、台所にあるおかしを紙ぶくろに入れて持ってきてね」

私は、急いで、階段をかけ下りて、台所へいきました。おかしが入っているかごから、ひなあられ、ひしもち、さとうがし、コンペイとう、せんべい、マシュマロを大きな紙ぶくろに入れ、それをだきかかえて、今度は、ゆっくりと階段を上がりました。そして、紙ぶくろの中へ顔をつっこんで、あま～いにおいをかいでから、部屋に入りました。そしたら、急に、おなかが、クウーっと音を出しました。母さんがいいました。

「三月三日のひな祭りは、ごちそうを作ってせいだいにやろうね！」

といいました。（せいだいって何だろう?）と思ったけど、考えても分からないから、（まあ、いいか）と、考えないことにしました。

二

その晩《ばん》のことです。

私はねる前に、ちょっとだけ、おひな様を見ようと、一人でたたみの部屋へ入りました。

このかっこいい段かざりのおひな様は、母さんが私にくれるっていってたから（うふっ）大きくなったら、これ、ぜんぶが私一人のものになるんだなぁ（うふふっ）おだいり様とおひな様、三人官女《かんじょ》と五人ばやし、左大臣と右大臣、なんだか分からない三人のおさむらいさん、それに、このかわいいひな道具もぜんぶ！（うふふっ）私、一人だけ女の子で、本当によかったわ。

ニタニタながめていると、どこかで、だれかに見られているような……そんな気がしました。

どうも、ひな段の上の方から視線《しせん》を感じます。よく見ると、ほんのいっしゅん、おひな様がパチッとウインクしたように見えました。でも、（まさかぁ……うっそ

だぁ！）と思いながら、急いでたたみの部屋を出ました。それから、自分のベッドにもぐりこみました。でも、一度そう思ってしまったら、すごくすごく気になります。

三

次の日、早く起きてパジャマのまま、たたみの部屋にいきました。

おひな様たちは、朝の太陽をサンサンとあびて輝《かがや》いていました。それがあんまりきれいだったので、つい見とれてしまい、おひな様に近づくと…。

なんと、おひな様が、またパチッとウインクしたではありませんか？（え～、またなの～、びっくりぎょうてんだよね～。私の目が変なのかも……それとも頭がおかしいのかも…）と、あわてて洗面所《せんめんじょ》にいき、顔をゴシゴシあらいました。もう一度、たたみの部屋に入って見たのですが、今度は何も起こりませんでした。

「やっぱりなぁ。あるわけないよね。そんなことは。おっかしいと思ったよ。この間、お友だちから、日本のお人形でかみの毛がのびる人形がいるって聞いたばかりだったからさ！　もしかしたらって、思ってしまったよ……」

と一人ごとをいいながら、学校へいくしたくをしました。でも、どうしてもだれかに話さないと気がすまなくて……。大兄ちゃんとちい兄ちゃんに話したのです。

「ね、ねねぇ、今日さ、変なことがあったんだよ。不気味《ぶきみ》なこと…。聞きたい？」

そういうと、声をひそめて、

「あのさ、うちのおひな様さ、本当は生きているんだよ！　今朝、私にウインクしたんだから。ほっ、本当だよ」

「ばぁ～か。人形が生きているわけないだろう。さおり、お前って、本当にバカなんじゃないかぁ～」

ちい兄ちゃんは、バカにしてフ～ンと、鼻で笑いながら、

「さおりってさぁ、頭だけじゃなく、目も悪いんじゃないかぁ～。ね、お兄ちゃん。ね！」と私を上から下まで、ジロ～リと見下ろしました。

「な、なによ！　せっかく教えてあげたのにさ。もういいよ。今度動いても、ぜったいに教えてあげないからね！　フンだ」

私はプンプンにおこりました。その時です。階段の下から
「三人とも、学校にいくしたくはできたの？」

と、母さんの（とっておきの大声）がして、私はすぐに下に下りました。

でも、お兄ちゃんたちは、私に見つからないように…こっそりと、たたみの部屋にいって、ひな人形を上から下まで、ジロリジロリジロと点検《てんけん》していたらしく、

「やっぱりなっ、さおりは、ゆめでも見たんじゃないかあ！」

「そうだよね、お兄ちゃん。さおりって頭の回転が悪いんだと思うよ！」

二人で、ブツブツ言いながら、ご飯を食べる部屋に下りてきました。私は食べ始めていましたが、お兄ちゃんたちは、あわててガツガツと食べています。そして、私を一人おいて…、さっさと学校にいってしまいました。

四

その日の夜のことです。

ベッドに入ると、なぜかまた、朝のおひな様のウインクを思い出しました。こうなったら、もう、たしかめないではいられません。勇気を出して、たたみの部屋へいきました。でも、やっぱりこわいので、ドアはちょっとだけ開けたままにして、電気をつけました。あれ？　よく見ると、何かが変です。三人官女《かんじょ》の持っているものが昨日と違《ちが》います。

そうだよ。右の人と左の人の持っているものが違《ちが》っているよ。おまけに、横向いているし……なんだぁ～、真ん中の人が後ろを向いているよ…なんでだぁ、これぇ。へっ、変《へん》だよ変だよ！。でも人形が動くわけないし…

「そうか！　これは大兄ちゃんとちい兄ちゃんが、私をだまそうとして、やったに決まっている。私、もう少しで、だまされるとこだったよ。びっくりしたなぁ！」

それから、人形を元通りに直しました。そして、急いでベッドにもどりました。

次の日、朝早く目を覚ましました。あわててたたみの部屋へいき、雨戸を開けて太陽をいっぱいに入れてあげました。

今日もおひな様たちは、うれしそうにキラキラと輝いています。すると、今度はおだいり様がニコッと笑い、おひな様はパチッとまた、ウインクしたのです。あんまり、おどろいた私は、体がかたまったまま動けませんでした。でも、その時です。

「さおり姫《ひめ》、今晩《こんばん》、いかがでござるかな？」と、五人ばやしの人形が話しかけてきたのです。私はこわくて足ががくがくふるえてしまいました。

「ゲゲゲェ～！」

と、さけびながら、お兄ちゃんたちの部屋へいって、二人のお兄ちゃんたちをゆり起《お》こしました。

「大兄ちゃんとちい兄ちゃん、起きて、起きてぇ…、あのおひな様たち、生きているんだよ。ほ、ほんとだよ。ほんとだってばあ～！」

私の声におどろいた二人のお兄ちゃんは、とび起きました。私たちはパジャマのまま、たたみの部屋へ急ぎました。するとどうでしょう。おひな様たちは、

「どうしたの？　何をさわいでいるのかしら？」みたいな顔をして、すましています。

私は、大きな口をぽっかんと、開けたまま…何もいえませんでした。

「さおり！　いいかげんにしろよな。お前って、本当にバカなのかぁ。人形が生きているわけないだろうが！」

と、お兄ちゃんは私のおデコにデコピンしました。ちい兄ちゃんは、私の頭をついて、

「まったく、もう、さおり、いいかげんにしろよなぁ！」

といいました。毎日、毎日、こんなにバカにされて…、もう泣きたくなりました。

（本当のことなのにさ。どうしてこうなるのよ！）とにかく、くやしくてなりません。

これからは、もう、この部屋へ一人で入らないことにしようと思いました。

それから、いつものように、あわてて学校へいくしたくをしていると、母さんの大きな声がしました。

「みんな、早くしなさいよ！」

私は母さんの（早く早く）に追いたてられて、急いで学校へいきました。

五

その日、私はおひな様の部屋にはいきませんでした。少し気にはなったのですが…、またお兄ちゃんたちにバカにされたくなかったからです。それに、一人でたたみの部屋に入るのが、ちょっとだけこわかったから…。

夕ご飯の時、母さんがいいました。

「明日から、三日間、おひな祭りのごちそうを作るから、三人で運んでね」

お兄ちゃんたちは、

「はい、りょうかいです」

といいました。でも二人は、

「どうせ、人形は食べるわけないんだから、ごちそうは、ボクたちが味見をすればいいのさ。な、のぶ」

と、ヒソヒソと話していました。でも私は、人形が生きていることを知っているので…きっと、食べるだろうから、しっかり見張っていようと考えたのです。

三月一日の朝です。

昨日の夜は、ひな人形のある部屋へはいきませんでした。けれど、朝になると、また気になって、たしかめにいきました。電気をつけて、雨戸を開けると、今日もいいお天気です。太陽は何本もの光線でおひな様たちを照らしています。ひな人形たちは、今日もキラキラと輝《かがや》いています。

でも、今日のひな人形たちは、すごく静かです。ニタリッと笑ったり、ウインクしたり、話しかけたりもしません。それどころか、やけにツーンとすましています。私が、（やっぱり本当は私が変なのかもしれない？）と、急に心配になりました。（人形は、ただの人形かもしれない？）と、自信がなくなってしまいました。

その日は一日中、学校でも、家でも、ずっと、静かになってしまったおひな様のことばかりを考えてすごしました。

六

　夕ご飯の時、母さんがいいました。

「今日は、まぜご飯と天ぷらと、茶わんむしをおひな様に上げてきてね。三人で一つずつドジをしないように運んでね」

「ボク、天ぷらを運ぶよ」

「じゃあ、ボクは茶わんむしを持っていくよ」

「私、まぜご飯」

　私たちは、三人で一列に並んで階段を上がりました。大兄ちゃんは、

「ああ！　もうたまらないよな。このいいにおい！　どうせ、人形が食べるわけはないんだからさ。ボクのおなかに入れた方がいいのになあ…」

　とヒソヒソ声でいいました。ちい兄ちゃんは、

「ああ！　ボクの大好物の茶わんむし…ああ！　いいにおいだニャン。ちょっとなめちゃえ、ウ、ウメエ～！」

と、ペロリと舌《した》でなめました。

私は、おなかがグウ～ルルと鳴ったけれど、じっと、がまんしました。だって、もしも、人形が生きていたら、食べるにきまっているからです。そして、にんじん、ごぼう、こんにゃく、とり肉、油あげと、入っているものを数えました。それにしても、いいにおいです。

たたみの部屋に入って、電気をつけると、ふしぎなことに、人形たちがいっせいに、ごちそうの方を見たような気がしました。大兄ちゃんは、

「まさか、そんなことがあるわけないよなぁ。さおりが変なことばかりいうから、そんな気になっちゃったんだよな」

と小さな声でいいました。ちい兄ちゃんは、

「オイオイ、本当に食べるなよ。人形なんだからさ」

とひな人形たちにいいました。私は、

（さあ！　生きているなら、食べてみてよ。おいしいからさ。明日の朝一番で、調べるからね）と心の中でいいました。そして、ひな人形を、じっくりながめました。

私には、おひな様たちが、うれしそうに、ひとみをキラッと光らせたように見えました。お兄ちゃんたちは、信じていないと言っているわりには、やけにしつこくおひ

な様を見ています。

　その夜、私はなかなかねむれませんでした。ダンボの耳で、横になっていました。目はギンギラギンです。聞こえてくるのは、父さんと、母さんのいびきだけ。

　その時です。（ガタッ）と音がしました。（きたよ～きたよ～）

　私はそっとベッドから起きだして、ぬき足、さし足、しのび足で、たたみの部屋にいきました。しばらく、ドアの前でダンボの耳をくっつけて、中の様子を聞いていました。

　すると、どうでしょう。なにやら聞きなれない音楽が聴《き》こえてきます。トイレにある時計を見ると、午前一時です。ドアを少しだけ開けてのぞいて見ると……なっ、なんと、ひな人形たちが、あっちこっち、自由に動き回っているではありませんか？　こんなにびっくりしたことはありません。（やったあ！　私、バカじゃなかった。頭も目も変じゃなかったんだよ。よかった～！）

　本当にほっとしました。でも今一人で、たたみの部屋には入れる勇気はありません。だから、ドアをそっとしめて、来た時と同じように、ぬき足、さし足、しのび足で、自分の部屋にもどりました。

（さあて、明日が楽しみだなぁ～）

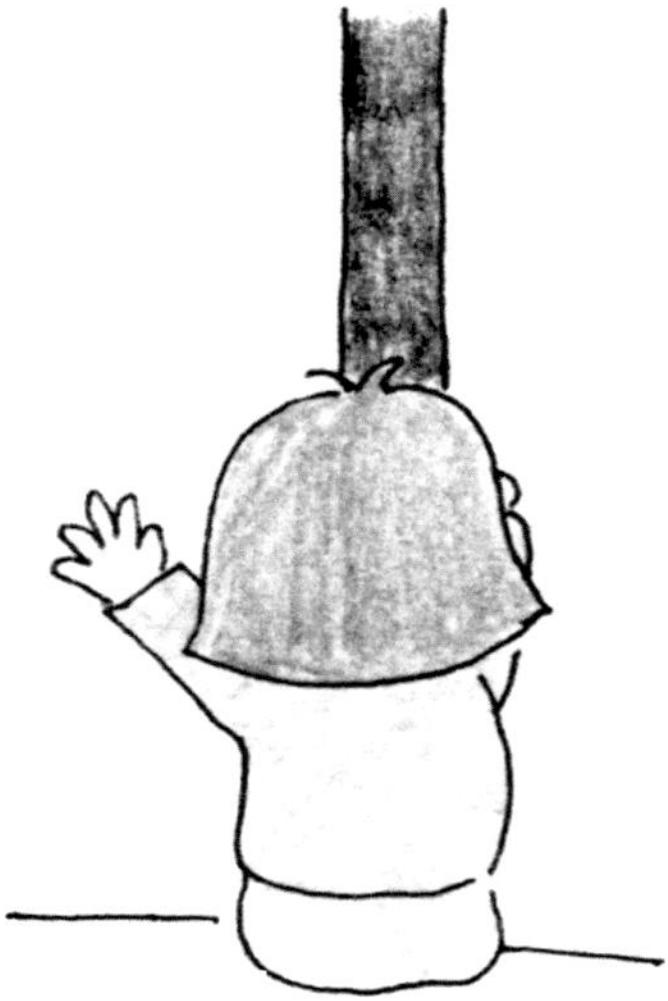

そう思うだけで、ひとりでに、笑《わら》いがこみ上げてきて、なかなか、ねむれませんでした。でも、大兄ちゃんとちい兄ちゃんのおどろく顔を思いうかべて……一人でニンマリしていたら、いつの間にか、ぐっすりとねむっていました。

七

三月二日の朝です。

目が赤くても、ちょっとねむくても、朝はやくに目を覚ましました。それから、

「大兄ちゃん、起きてよ！　ちい兄ちゃんも起きて、起きて！　うちのおひな様、生きているんだよ。本当に生きているんだからね。早く早くぅ、見にいこうよ」

と、二人のお兄ちゃんをむりやり起こして、たたみの部屋に連れていきました。

そして、部屋の電気をつけて、雨戸を開けて、

「ほら、見てよ！」

私が指さすと、なんと人形たちは、いつものように、決められた場所にきちんとならんでいるではないですか。それもすまして……います。

私は一生けんめいに説明しましたが、まるで、信じていない二人のお兄ちゃんたちの顔を見ると、よけいにあせりました。しまいには、つばを、飛ばし、飛ばし、話したのですが…お兄ちゃんたちは、

「ケエ～ッ、お前さぁ、ゆめでも見たんじゃないの？」

「しっかし、さおり、お前は目も悪いんじゃないかあ！　ほんと、てんこもりのおバカさんで困《こま》った子だね」

私は（なんでこうなるんだぁ…）と、くやしくて、おひな様たちをにらみました。でも、おひな様の顔をよく見たら、ありました、ありました。しょうこが…。ちゃ～んとね。

「大兄ちゃん、よく見てよ。おだいり様の口を見てよ。ほら、ご飯つぶがついているじゃん。ほら、おひな様の口にも何かついているし…。ちゃんと見てよね」

私は、がぜん、うれしくなりました。でも、大兄ちゃんは、

「さおり、どうせ夜のうちにお前がつけたんだろう？　すっかりバレバレだよなぁ～」

といいました。ちい兄ちゃんまでもいいました。

「そうに決まっているさ！。ね、お兄ちゃん。さおりって、人さわがせな子だよね」

私は、また泣きたくなりました。本当は、もう目からなみだがあふれています。お兄ちゃんたちは、知らん顔して、私をおいてさっさと学校へいってしまいました。母さんは、私の顔を見ると、

「またお兄ちゃんたちとケンカをしたの？　もうお友だちが、外で待っているわよ。早くいきなさい」

といいました。私は、なみだをふきながら、（今日こそは、ぜったいにお兄ちゃんたちを夜中に起こして見せてやろう！）と心に決めたのです。

八

その夜のごちそうは、お赤飯と、さといものにものと、キノコのみそ汁でした。今日も一人一つずつ運びました。静かに、静かに、こぼさないように運びました。

部屋に入ると、私は、ひな人形たちが、昨日と同じようにキラッと目を光らせてごちそうを見たように感じました。でも、人形たちは、ピクリッとも、チラリッとも動きませんでした。

待ちに待った真夜中です。

「ガタッ、ガタッ　チャリン」

それから、急いで、昨日と同じように、様子を見にいきました。

「今だよ！」

すると、また、あの変な音楽が聴こえてきました。

（さあ！　お兄ちゃんたちを起こしにいくぞ！）急いでお兄ちゃんたちの部屋に入り、むりやり、ゆすり起こして、むりやり、たたみの部屋の前まで、引っ張って連れてい

きました。そして、この時とばかりに私は、むねを張っていいました。

「さあ！　よく見て、よく聴《き》いてよね！　この音楽をさ」

お兄ちゃんたちは、たたみの部屋のドアに耳をくっつけました。

どうやら、いっぺんで目が覚めたようです。大兄ちゃんは、大きな目をくるくる回して、ちい兄ちゃんは、大きな口を、ぽっかり開けて、私を見ました。部屋に入ろうと、目で合図をおくり、ドアを半分だけ開けて、のぞいて見ました。部屋の中は、うすぼんやりとしていて、よく見えません。よく見ると、ぼんぼりのあかりがついています。私は思い切って声をかけました。

「電気をつけていいですか？」

すると、今まで動いていたはずの人形たちは、ピタッと動くのを止めたのです。でも、それは、バレバレの止まり方だったので、そのかっこうのおかしかったこと…。私たち三人は、思わずふき出してしまいました。おひな様たちは、ごちそうを運んでくれている三人だと、気がつくと、うれしそうに笑ってくれました。私はちょっとだけ、こわかったので、お兄ちゃんの後ろにかくれました。いつもいばっているちい兄ちゃんまでも大兄ちゃんのうでをギュッとにぎっています。とつぜん、

「どうぞ、お入りくだされ！」

と、左大臣が太い声でいいました。その声は、部屋中にひびきわたりました。

「すまんが、とびらを閉めてくだされ」

と右大臣が、低い声でいいました。私たち三人は、いわれた通り、部屋の中へ入ってドアを閉めました。

目の前の光景は、まるでゆめのようです。私たちは、おどろいて口をきくことさえできません。たたみの部屋のすみっこに正座して、ただ見つめていました。おだいり様が、よく通るはっきりした声で、

「雅楽演奏《ががくえんそう》　始め！」

といいました。すると、五人ばやしが、決められた場所に座りなおして、演奏を始めました。

（そうです。これこそ、昨日、私が聴いた変な音楽です）

三人官女《かんじょ》は、いそがしそうにとび回って、みんなに甘酒をついでいます。

私は、その時、初めて三人官女たちが、なんで、はかまをはいているのかを知りました。あんなにたくさんある段を上り下りするからです。それにしても、あんなにとびはねているのに、甘酒がよくこぼれないなぁ…と、ふしぎです。

おだいり様とおひな様は、楽しそうに話しながら食べています。

「ヒョエ〜。うそみたいだあ〜！　信じられないよな〜」

と大兄ちゃんがいいました。ちい兄ちゃんは、一言も出ないほど、おどろいて、つばをごっくんと飲みこみました。

「さおり、ごめん。本当だったんだなぁ…」

大兄ちゃんが、私の耳もとでそうささやいてくれたので、すごくうれしくなりました。

私は、何回も何回も目をパチパチしていました。なんだか分からない三人のおさむらいさん（仕丁《しちょう》）は、甘酒を飲みすぎてよっているようです。顔は真っ赤で、歩くすがたは、フラフラしています。大兄ちゃんがいいました。

「あの仕丁《しちょう》さんたち、だいじょうぶかなあ?」

ちい兄ちゃんと私は、ただただ、信じられないという顔で、ボオーッと見つめていました。おひな様が、きれいなすずをならしたような声でいいました。

「さぞや、おどろかれたことでありましょう。ワタクシタチは、午前一時から午前三時までしか、この【お祭り】ができませぬ。あとは、ピクリとも、チラリとも、動くことができませぬ。もうしばらく、お付き合い下さりませ」

今度は三人官女の一人がいいました。

「ワタクシタチは、かざられたその時から、命がよみがえるのでございまする。ただ、人間たちに見つからぬように、しごく、用心せねばなりませぬ。ワタクシタチは、この【祭りの日】の三日間だけ、部屋を自由に移《い》動できるのでございまする。ワタクシタチが、どんなにか、この【祭りの日】を楽しみに、一年をたえてまいりましたことか……どうぞ、おさっし下さりませ。一年に一度のこのお祭りこそが、ワタクシタチのただ一度の「生きる」楽しみなのでございまする。こよいのひとときを、ワタクシタチと共に、ごゆるりと、お楽しみくださりませ」

大兄ちゃんは、

「ふう〜ん、なるほどなるほど、ふんふん」

とうなずきましたが、ちい兄ちゃんと私には何をいっているかが、よく分かりませんでした。おだいり様は、

「そなたたち、もっと、ちこうよれ！」

と、手まねきをしました。私たちは、おそるおそる近づきました。右大臣が、

「どうぞ、こちらにお座り下され」

といいました。大兄ちゃんとちい兄ちゃんは、

「こんなひな祭りがありかあ〜…？」

と小さな声でいいながら、座りました。私は、まるでゆめを見ているみたいだと思いました。

それから、ひな人形たちが、歌やおどりや、ごちそうを食べるすがたを、うっとりとながめていました。あっという間に時間がすぎて、とうとう、午前三時が近づきました。私は、時計ばかりが気になっていました。人形たちも分かっているようです。ものすごい速さで、元にもどろうとしています。私は、もう時計から目がはなせなくなっていました。ひな人形からも目がはなせません。思わず心の中で数を数えていました。

(十・九・八・七・六・五……)

大兄ちゃんもちい兄ちゃんも、同じことをしています。とうとう、三人で、がまんできずに、声を出して数え始めました。

(四・三・二・一・ゼロ)

辺りは、シイ～ンと静まりかえりました。

今まで起こっていたことが、まるでウソのようです。今の人形たちは、何もなかったかのように……決められた場所で、静かに、静かに、かたまっています。私は、これでやっと、お兄ちゃんたちにバカだって言われなくてすむと思いました。うれしく

10
9
12
3
9
6
6
5

なって、大兄ちゃんに、

「ねっ！　本当だったでしょ！」

といいました。大兄ちゃんは、

「うん、こんなことが本当にあるんだな…」

と大きなため息をつきました。

「お兄ちゃん、本当におどろいたね」

とちい兄ちゃんもいいました。それから、来た時と同じように、後ろ向きで、ドアを閉めて、ぬき足、さし足、しのび足で、こっそり自分たちの部屋にもどろうと、後ろを向いたその時です。

な、なんと、母さんが目の前に立っているではありませんか！　私たちは、ギョッとして、いっしゅん、息を吸《す》うのもわすれてしまいました。口を開けたまま……体だけは、バネじかけのように（気を付け！）をしていました。母さんの方もおどろいたようで、目をまんまるに見開いています。

「あらぁ～、三人そろって…トイレなの？　めずらしいわね。食べすぎておなかでもいたいんじゃないの」

と三人を一人ずつ、ジロリジロリと点検《てんけん》しています。私の体は、ひな人形のように、

カチンコチンにかたまってしまいました。あわてた大兄ちゃんが、

「母さん、ボクたち、おなかはなんでもないよ。たまたま、トイレにいこうとして、みんないっしょになったんだよ。な、ぐうぜん、ぐうぜんなんだよ。今、順番で終わったから、これから、ベッドにいくところなんだ」

「母さんもトイレなの？　今あいたから、入っていいよ！」

と私もいいました。ちい兄ちゃんは、一言も話さずに大兄ちゃんの後ろにピッタリかさなるようにしています。私は心配で、お兄ちゃんたちが、ぶじに部屋に入ったのを見てから、ほっとして、ベッドにもぐりました。

九

三月三日【ひな祭り】の最後の一日です。

私たちは三人とも、朝ねぼうをしてしまいました。とうぜん、母さんに、たっぷりとしかられましたが、今日の私たちには、ぜんぜんこたえません。昨日の夜の出来事が、信じられないくらい、楽しいものだったからです。学校へいく前に、もう一度、たたみの部屋へいってたしかめたくて、私は、大兄ちゃんに目で合図（得意《とくい》の両目パチパチ）をおくりました。

急いでたたみの部屋にいきました。雨戸を開けて、朝日を入れると……いました、いました。今見るおひな様たちからは、昨日のおひな様のすがたはそうぞうもできません。人形たちは、元通りきれいに、きちんとならんでいます。私たちは、今日の夜のことを考えて、三人で顔を見合わせて、ニッカリ笑いました。今までに見たこともないほどの仲良しです。

母さんは、

「ふう〜ん、めずらしいこともあるものね〜」

といいながら、私たち三人をうたぐりの目でジロジロリと見ました。

学校から帰ると、私たちは、たたみの部屋に集まりました。別に決めたわけではないのですが……。部屋で静かにバラバラのゲームをして遊びました。ただ、ひな人形のそばにいたかったからです。私は、何度も、何度もおひな様を見ましたが、何も変わったことは起こりませんでした。

その後、それぞれの部屋で、宿題をしました。すると、なぜだか、母さんからほめられました。

今日のごちそうは、ちらし寿司《ずし》と、とりのからあげと、あさりのみそ汁です。うちでは、ハマグリは高くて買えないので、あさりのみそ汁なんです。そう母さんはいっていました。でも母さんの作るちらし寿司《ずし》は、とてもおいしいから、きっと、おひな様たちも、よろこんでくれると思います。

今日は、夜中に起きるので、早めにねました。最後のひな祭りには、ぜったいに参加するって決めていましたが、この三日間、あまりよくねていなかったので、ぐっすりとねむってしまいました。

十

真夜中の午前一時ごろです。

大兄ちゃんにゆすり起こされて、目を覚ましました。大兄ちゃんは、私の口を手でおさえて、

「シ、シーッ！　早くおいで。もう始まっているよ」

と、いいました。

私たちは、ぬき足、さし足、しのび足で、たたみの部屋へ急ぎました。部屋の前では、ちい兄ちゃんが、ドアにダンボの耳をくっつけています。

「シーッ。もう始まっているよ」

と小さな声でいいました。私たちは、ドアをかるくノックして入りました。

「電気をつけてもいいですか？」

と、聞いてから電気をつけました。明るいところで見ると、本当にゆめじゃないということが、はっきりと分かります。

五人ばやしは、私たちのために雅楽演奏を初めから、やりなおしてくれました。たたみの部屋に、昔の音楽がひびきわたります。

「べべェ～ンベンベン、ピッピーシャララー」

演奏が終わると、おだいり様が、

「よくぞ、おいでなされた。一年に一度の最後のお祭りじゃ。どうぞ、ごゆるりと楽しんで下されー！」

それはそれは、よく通る太い声でした。三人は、思わず声をそろえて、

「ははあ！　かしこまったでござぁ～る」

といいながら、なんだかよく分からないけれど、頭を下げたまま顔を見合わせて、ニヤっと笑いました。だって、これって……テレビで見る（水戸のこう門様だよ）と思ったからです。顔を上げると、おひな様も笑っていたので、私は、とてもうれしくなりました。

おひな様は、

「さおり姫《ひめ》、こよいは、そなたのお祭りでもありまする。ワタクシタチと共に、歌い歌い舞《ま》って、下さりませ」

といいました。私は（ひめ）と呼ばれたことが、とてもはずかしくてテレました。

そして、お兄ちゃんたちに、ニッカリ白い歯を見せて笑って、ごまかしました。

そして、三人で声をそろえて、

「ははあ～、かしこまったで、ござぁ～る」

と、頭をふかぶかと下げました。

今日のごちそうは、ごうかです。

母さんが（せいだいにやろうね）といった意味が、やっと、私にも分かりました。

今日は、なんといっても、三月三日【ひな祭り】最後の一日です。

ごちそうは、大好きなちらし寿司《ずし》と、あさりのみそ汁と、とりのからあげです。私たちは、はなの穴をたっぷりとふくらませて、いいにおいをかぎながら、運んだ時のことを思い出しています。おひな様たちは、今日のごちそうを大変気にいってくれたようです。

おひな様は、三人官女の一人にちらし寿司《ずし》を小さく切ってもらい、口にいれてもらっています。おだいり様は、左大臣に甘酒をついでもらって、おいしそうに飲んでいます。

五人ばやしの人たちは、私たちのそばまで下りてきて、昔の楽器を演奏するようにいいました。まずは、大兄ちゃんがびわを

（ベベェン　ベンベ～ン…♪）

となちし、次にちい兄ちゃんが横ぶえを、

（ピップピピー　ピーヒャピピピ…♪）

とならしました。次は私の番で、たいこをわたされて、

（ポーントントーンポンポントン♪）

とあんまりうまくできませんでした。だって、楽器が小さすぎるから…です…。それなのに、ひな人形たちは、大よろこびしてくれて…

「おお～これはお見事、お見事じゃ！　なかなかのものでござるぞ！」

とみんなで拍手《はくしゅ》をしてくれました。三人官女のきゅうすを持っている人が、

「さぁさ、どうぞ、一曲かなでて下さりませ」

といいました。でも私たちは、とても演奏なんかできないからこまりました。すると、ちい兄ちゃんが、

「ボク、ふえだから、もしかしてふけるかも……。練習してみるからさ。お兄ちゃん、そう伝えてよ」

と、大兄ちゃんにたのみました。そして、練習を始めました。大兄ちゃんもすごくこまりながら、

「分かりましたでござ～る。今しばらく、お待ちくだされ。しばし、けいこをいたしたく、よろしくでござ～る」

と、またふかぶかと頭を下げました。私たちも、大兄ちゃんを見習って、ふかぶかと頭を下げました。

なにしろ、とても小さな楽器ですから、思うようにはできません。けっきょく、なんでもいいいか……ということになって、私が、

「『うれしいひな祭り』の歌を歌いながら、ひけばいいんじゃない？」

というと、大兄ちゃんたちも、それにさんせいしてくれました。

「失敗しても、歌でごまかせるからな」

それから、私たちは、デタラメの演奏に合わせて、歌いました。

私は、おかしくって、おかしくって、何回もふきだしてしまい、うまく歌えませんでした。でも、たいこはうまくたたけたと思います。ひどいのは、大兄ちゃんのびわの演奏です。それなのに、おだいり様は、よろこんで、

「お～お、お見事、お見事。あっぱれじゃ！　あっぱれじゃ！　ごほうびをとらすぞ！」

と、ほめてくれたのです。おだいり様は、右大臣に手で合図をしました。右大臣は、

私たちの前に来て、

「さあさあ、どうぞ、まずは一ぱい、いかがでござるか？」

と、甘酒をついでくれました。こんなにおいしい甘酒をのんだことがありません。なんだか、とってもふしぎな味です。私は、この甘酒の味を、ぜったいにわすれないと思います。

その時、大兄ちゃんが、大発見したのです。なぜか、甘酒のビンのふたがあいていないことに……。それなのに、みんなの口の中には、ちゃんと、甘酒が入っていることを。

大兄ちゃんは、ふしぎに思って、調べました。ちい兄ちゃんも、私もいっしょに調べました。よく見ると、本当に大兄ちゃんのいったように……、みんなが食べているおかしのふくろの口もあいていません。なんと、ふしぎなことでしょう。でも食べているものは少しずつへっています。お人形たちの口にも、ちゃんと食べカスがついています。

ぜったいに大人には、信じてもらえないと思いますが、本当です。

楽しい時間は、あっという間にすぎていきます。とうとう、あと数分で午前三時になってしまいました。

昨日と同じように……、私たちは、息をのんで見守りました。もうすぐ、おひな様たちは動けなくなります。私は時計とにらめっこしながら、

（十・九・八・七・六……）

と数え始めました。

始まりました。あのドタバタが……それは、すごいスピードです。それぞれが、決められた場所にもどろうとしています。着物を直しながら……、ひな道具を片付けながら……一番上の段のおだいり様と、おひな様もあわてています。

「ああっ！　おひな様。せんすを落としたよ」

と私は教えてあげました。大兄ちゃんも

「おだいり様。ぼうしがまがっているよ」

と教えています。私は心配でたまりません。だって、もうほとんど時間がないからです。やっと、三人官女の三人が、もどりましたが、

「あ！　はかまがめくれているよ！　やだやだ、持っているものが反対だよ！　早く！」

私は、あわてました。そんな時に、よっぱらっている仕丁の一人が、足をふみはずして転んだのです。そして、次の人も次の人もまるで、ドミノたおしのように重なっ

て転んでいます。私たちは声をあげてしまいました。

「あ～あっ！　だいじょうぶでござるか！　けがはなかったでござぁるかぁ～」

と。でも三人は、なんとかもどったようです。

（五・四……）

私の心臓は、苦しくなりました。

その時です。

「こらあ！　お前たち、いったい、何やっているんだ。こんなに真夜中に……」

と、父さんの大きな声が、たたみの部屋にひびきました。私のおどろきは、言葉にできません。このおどろきを表す日本語を、まだ、知らないからです。

父さんは、ズンズカ、ズンズカ、たたみの部屋に入ってきました。私とちい兄ちゃんは、大兄ちゃんだけがたよりです。すばやく、大兄ちゃんの顔を見ると…、さすがの大兄ちゃんも顔が真っ青です。私は、とっさに、（こりゃだめだぁ！　なんとかしないと……）と思い、あわてて、ひな人形たちに目を走らせました。父さんにも、チラッとひな人形が動いたように見えたのか、両目をこすって、何回も見直しています。

私たちは、心の中で数えていました。

（…三・二・一・〇）

（やったあ！　もうだいじょうぶだ、よかった！）私は、ほっとして、大兄ちゃんに両目でパチパチの合図をおくりました。

「父さん、父さん、私たち、今、トイレにいったかえりなの。今日、おひな祭りの最後の日だから、ちょっとだけ、見ていこうって、この部屋に入ったばかりなんだよ。本当に、ほんとだよ。ねっねっ！　お兄ちゃん」

私は苦しい、言いわけをしました。父さんは、だまって、ひな人形を見わたしました。

部屋中がシィ～ンと、静まりかえっています。ひな人形たちは、全員がきちんとならんでいます。顔も着物も、おひな様の道具も、ひなかざりも、ちゃんと元通りになっています。

私は、ドキドキしながら、父さんの動きを見ていました。私の体は人形たちのように、カチンコチンにかたまっています。私は、もう、ぜったいに動くことができないひな人形たちを見つめました。

父さんはひな人形を見ながらいいました。

「このおひな様はな、母さんがおよめさんに来た時に、おばあちゃんから、買ってもらった人形なんだよ。だから、大切なお人形なんだ。みんなも大事にしろよ。ところで、お前たち、また、ねぼうするぞ！　早くねなさい」

そういうと、父さんはトイレに入りました。

私はどうしても、人形にさわりたくて、そうっとさわってみると、ひな人形たちは、もう、ピクリッとも、チラリッとも、動けなくなっていました。私は、おひな様の顔を、そうっとなでました。やはり、冷たくかたくなっています。これでは、もう動くことも、ウインクすることも、笑うこともできません。

なぜか、私の目からなみだがポロッとこぼれました。大兄ちゃんが、私のなみだに気がついて、

「さおり、お前、父さんに言いわけができてえらかったな。見直したよ。ひな人形には、また来年、会えるから、もう泣くなよな。それから、今日のことは、三人のひみつにしておこうな。さっ、早くベッドに入ろう。また父さんに見つかったら、今度こそ、ただではすまないぞぉ～」

と、いいました。

私は、部屋の電気を消して、急いで自分の部屋にもどりました。そして、そっと、ベッドにもぐりこみました。

十一

次の日の朝、母さんのいつもの大声で起こされました。

「いつまでねているの？　ご飯だよ。早く起きて食べなさい」

その声を聞いたとたん、私は、バネのように飛び起きました。そして、すごい速さで着がえて、たたみの部屋へいきました。もう大兄ちゃんが、雨戸を開けていました。そこへ、ちい兄ちゃんが、あわててやってきました。私たちはおひな様の前で、段かざりを、上から下まで、ジロジロとながめました。

「お兄ちゃん。やっぱり、甘酒がへっているよ」

「大兄ちゃん。ほら見て、おかしもふくろが閉まっているのに……少しへっているよ」

信じられないけれど……本当に起こったことなんだなと、あらためて思いました。

大兄ちゃんは、

「ほら見ろよ。ご飯も、あさりのみそ汁も、少しだけへっているぞ。仕丁さんのひざ

を見ろよ。かわいそうに、うすく赤くなっているぞ！」

「あ、本当だ。かわいそうに……いたかったよね」

それを見た私たちは、口をそろえて、

「ぜったいに、ゆめじゃなかったんだよなっ」

「三人で見たことは、本当にあったことなんだよ。こんな体験《たいけん》ができてよかったなあ」

その時です。母さんのとびっきりの大きな声がしました。

「いつまで上にいるの。早くしなさいっていっているでしょ、いいかげんにしなさいよ！」

私たちは、あわてて階段をかけ下りました。

朝ご飯を食べながら、大兄ちゃんが
「母さん。今日おひな様を片付けるの？」

と聞きました。母さんは、

「父さんが早く帰ってきたら、聞いてみるね」

といいました。大兄ちゃんは、

「もし、片付けるっていったら、ボクたちも手伝うからね」

そう言って、私に指で合図をおくってくれました。

その日の夜です。

父さんが会社から帰ってくるのを待ちました。

そして、今日、みんなでおひな様をしまうことになりました。いつもなら、私たちはテレビの前から動かずにいるのですが、今年は、自分たちから、片付けを手伝うといったので、父さんと母さんは、おどろいていました。

「おうっ、めずらしいなぁ～。しまうのを手伝うなんて…でも人形にはさわらないでいいからな。ひな道具だけ、ほこりをはらって、うす紙に包んでから、箱に入れるんだぞ！」

私はお習字の新しい筆で、ほこりをはらう係をしました。大兄ちゃんは、うす紙で道具を包む係、ちい兄ちゃんは、それを箱に入れる係になりました。

私たちは、もくもくと仕事をしました。それぞれが、昨日の楽しかったことを思い出しながら……大兄ちゃんは、ニヤニヤニヤリッと笑って、ちい兄ちゃんは、ヘラヘラと笑い、私は、ニタリニタリと笑いました。すると、とつぜん、母さんが、

「ありがとうで、ござあ～る」

と、いったので、私たちは、超《ちょう》ドッキリおどろいて、口をあんぐりと開けてしまい

ました。でも、母さんが、次にいった言葉は、

「さあ！　お片付け、ごくろうさまでした。ごほうびに、アイスクリームをあげるからね」

だったのです。その言葉を聞いて、私は、（真夜中のことがバレて、いないんだ…）と、ほっとしました。大兄ちゃんが、私に、「大丈夫だよ」と、指をまるめて、合図をしてくれました。

それから、母さんは、小さな箱におひな様をしまい、父さんにわたして、今度は、父さんが、大きな箱につめこみました。父さんは、人形たちを、ドンドコ、ドンドコ、大きな箱にしまっていきます。それから、私たちは、父さんと母さんが、大きな箱を運ぶ様子を、じっと、見つめていました。そこで大兄ちゃんが、

「父さん、ボクたちもいっしょにいってもいい？」

というと、父さんは、

「めずらしいこともあるんだなあ！　いいぞぉ！」

といってくれました。私は、（昨日、いっしょに遊んだあのひな人形たち……は、もう、今は動かないけれど、（命）は生きているんだ！　ふしぎだけれど本当に、あったことなんだ）と思いながら、ついていきました。

十二

来年のひな祭りまで、静かに、静かに、たえて…待っているおひな様。箱から出してもらう日まで、かざってもらうその時まで、じっと、がまんしているんだなぁ…と思うだけで、目から、涙がこぼれてきました。

「よいしょ！　よいしょ！」

父さんと母さんは、すごく重そうです。私たちは、一言も話さないで、父さんたちの後ろからついていきます。

「うんとこ、どっこいしょ！」

父さんと母さんは、おひな様の箱を物置にしまうと、さっさと、家の中に入っていきました。

真っ暗な物置の中を見ていると、また目からなみだがこぼれました。大兄ちゃんは、私の肩《かた》をたたいて、

「さおり、また、来年、会えるよ。あの元気なおひな様たちにさ。だから、元気だし

なよ。だけど、楽しかったなあ！　それに本物のおひな様が見られて、よかったなぁ！」

といいました。ちい兄ちゃんは、

「お兄ちゃん、ひな人形たちに、お別《わか》れをいおうよ」

といいました。

そこで、私たちは物置のドアのすきまから、たてに順々に顔をつっこんで、声をひそめていいました。

「また、来年の三月一日に会おうな。三日間のひな祭りに参加《さんか》するでござぁ〜る。よろしくでござ〜る。次回は、もちっと、びわという楽器がうまくひけるように、練習するでござあ〜る」

「エッヘン、ボクは横ぶえがうまくできなかったから、今度は、自分のリコーダーをひくでござ〜る。楽しみに待っていて下され！　おのおの方、元気でいて下されよ」

「もっと、いっしょに遊びたかったよ。こんな真っ暗な所にいて、だいじょうぶなの？　すごくさびしくなるよ。でも、この三日の間、楽しかったね。また、来年、いっしょに遊ぼうね。ぜったいだよ。私は、来年は、もっとたいこが上手になるように、練習するからさ。来年も、おいしいごちそうを、たくさん運ぶでござあ〜る」

私は、鼻水をすすりながら、いいました。
それから、私たちは、物置のとびらを……静かに、静かに閉めました。

完

あとがき

人生は突然何が起こるか分からないものです。

私は六十二歳の時に一度、心臓が止まってしまいました。病気でしたが、本人は全く気がついていない状態でした。

それから、七ヶ月入院をして手術は四回もしました。まるで歩けなくなった私は、リハビリを繰り返し、現在のように本を出せるまでになりました（多臓器不全・心不全）。

内科と外科の先生方が私の止まった心臓を助けてくださいました。なんとか、生きられる喜びに心から感謝して、詩集を二冊ほど出版することもできました。

七十二歳まで学習塾を続けて、教えることの喜びを、生きられた幸せを噛みしめています。四人のプロの先生たちから学んだ童話でも賞が取れたら恩返しができると思い、七十六歳になってからも頑張ってみました。

今まで出会ったたくさんの子どもたちが、大きくなって応援してくれています。保護者の方たちにも手紙を下さり、応援してくださいましたことを心から感謝いたします。

皆さま、ありがとうございました。どうぞ、『ひな祭り』を心からお楽しみ下さい。

著者プロフィール
くどう てるこ
神奈川県横須賀市出身
鎌倉女子大学短期大学教育学部卒業
幼稚園教諭10年・学習塾教師45年
(現在、詩集・創作童話執筆中)
横浜市金沢区在住
著書：詩集『風にのせて』新風舎　2004年
　　　童話集『ピピとポポ』新風舎　2006年
　　　詩集『風にのって 飛んでいけ！』文芸社　2013年
　　　詩集『風にのって青空を舞うことばたちよ…』文芸社
　　　2020年

イラスト：あやこ

ひな祭り

2024年10月15日　初版第１刷発行

著　者　くどう てるこ
発行者　瓜谷 綱延
発行所　株式会社文芸社
　　　　〒160-0022　東京都新宿区新宿１－10－１
　　　　　　　　　　電話　03-5369-3060（代表）
　　　　　　　　　　　　　03-5369-2299（販売）

印　刷　株式会社文芸社
製本所　株式会社MOTOMURA

ISBN978-4-286-25747-1